U0124509

郑州

市中心城区
优秀近现代建筑

ZHENGZHOUSHIZHONGXINCHENGQU
YOUXIUJINXIANDAIJIANZHU

宋秀兰 / 主编

郑州市文物考古研究院 / 编著

图书在版编目（CIP）数据

郑州市中心城区优秀近现代建筑／宋秀兰主编；郑州市文物考古研究院编著. — 北京：科学出版社，2011.9
ISBN 978-7-03-032353-8

Ⅰ.①郑… Ⅱ.①宋… ②郑… Ⅲ.①建筑实录－郑州市－近现代－图集
Ⅳ.①TU.982

中国版本图书馆CIP数据核字（2011）第188332号

责任编辑：张亚娜／责任校对：邹慧卿
责任印制：赵德静／装帧设计：北京美光制版有限公司

科 学 出 版 社 出版

北京东黄城根北街16号
邮政编码：100717
http://www.sciencep.com

北京华联印刷有限公司　印刷
科学出版社发行　　各地新华书店经销

*

2011年9月第　一　版　开本：A4（880×1230）
2011年9月第一次印刷　印张：10 3/4
印数：1—1 400　　字数：259 200

定价：208.00元

（如有印装质量问题，我社负责调换）

EDITORIAL COMMITTEES 编委

编委会主任 阎铁成

编委会副主任 任 伟 张松林

编委委员 阎铁成 任 伟 张湘洋 周 平

张松林 宋秀兰 顾万发 刘彦峰

郝红星

主 编 宋秀兰

副 主 编 张高岭 别治明

参编人员 宋秀兰 刘彦峰 张高岭 别治明

汪松枝 肖海博 杜 新 宋 歌

王 丽 张 倩 靳晓倩

摄 影 蔡 强 王 羿

前　言

FOREWORD

刚刚过去的一个世纪，中国走过了一条从积贫积弱、饱受欺凌到奋起反抗、进而强国富民的曲折道路。一百年花开花落，时空转换，面对这段沧桑，谁能担负起"讲述"历史的重任？幸好有各个时期散落的遗存，它们在默默无语中见证着时代的变迁。

一百多年可歌可泣的中国近现代史，留下多少令人触目生情的优秀建筑，隐含多少震撼华宇的历史事件，记录了多少涂抹不去的精英枭雄。这些优秀建筑，因其艺术的多元性、建筑技术的先进性和人文的共融性，使它们的价值更贴近时代。它们是中国近现代建筑文化、城市文化的宝贵财富，是中华文明历史积淀的重要一层，也是爱国主义教育的重要阵地。

那么，这些优秀建筑的保护利用情况如何呢？对于中国古代建筑的保护，大家目前已经普遍达成共识，认为古代建筑年代久、数量少，亟须保护；而对于近现代建筑而言，因其数量大、判别难，因此在保护上就显得相对滞后，以致一些优秀的近现代建筑不时遭到破坏，从城市的记忆中消失。

众所周知，在优秀建筑文化的传承中，历代经典建筑的积累不可或缺。建筑是一个城市文化的重要载体，保存住这些建筑，我们才能找出城市的发展脉络。而近现代建筑中的优秀作品作为我国建筑文化链条中的重要环节，保护好它们尤为重要。

没有经典，文脉就缺少筋骨，记忆就会消失。早在 2004 年 8 月，中国建筑学会建筑师分会为国际建协等学术机构提交了一份20世纪中国优秀建筑遗产的清单，如上海外滩建筑群（上海市，1901～1936年）；重庆人民大礼堂（重庆市，1954年）；延安杨家岭中央大礼堂（延安市，1942年）；北京儿童医院（北京市，1954年）；集美学村（厦门市，1934～1968年）；北京电报大楼（北京市，1958年）等共22处，这些建筑都蕴含着大量的历史信息。另外，像北京建于20世纪50年代中叶的"国庆十大工程"，后被誉为北京的"十大建筑"，是向新中国成立十周年的献礼工程，它们不仅倾注了第一代领导人的心血，凝聚了一代知识分子的智慧，浸透着建设者的汗水，也反映了举国之力的体制优势。为此，1959年9月25日的人民日报以《大跃进的产儿》为题发表社论，称赞这些建筑是"我国建筑史上的创举"。

大家知道，近现代优秀建筑目前属于稀缺性资源，它的不可再生性决定了我们必须对它们进行大力保护与合理利用，这就需要不断提高人们对它们的认识，同时不断提高这些稀缺资源的配置效率。1987年第二次全国文物普查（目前正在开展第三次文物普查）至今20多来年没有摸过文物家底了。而这20多年间，基本建设高速发展对文物破坏严重，对近现代优秀建筑的破坏尤为严重，像当初北京的"十大建筑"之一的华侨大厦，于20世纪90年代被拆除重建；建于1955年的中华全国总工会大楼，建筑属于清末样式，是在中国传统建筑基础上结合西洋建筑风格的早期折中主义建筑，为新中国成立初期公共建筑的特有风格，但是，2003年9月不幸也被拆除。

仔细盘点我们不难发现，已列入各级文保单位的各类别文物基本上"平安无事"，而那些尚未进入保护名单的遗存正碎片般散落。国家相关部门也发现了问题的严重性，2004年，国家建设部出台意见，要求各省加强城市优秀近现代建筑保护工作，不仅要对城乡优秀近现代建筑全面普查，还要筛选出保存较为完好、有一定历史和文化价值的城乡优秀近现代建筑，编制保护名录。同时，河南省政府发布《加强城乡优秀近现代建筑保护工作方案》，要求保护优秀近现代建筑，使其发挥传承历史、提升中原文化内涵的重要作用。之后，郑州市规划局、文物局制定相关方案，郑州市的优秀近现代建筑保护工作由此展开。

　　2009 年，郑州市规划局、文物局对市区的近现代建筑进行摸底，并组织缜密的评选工作。本次评选，划定区域为三环以内，时间为 1840 ~ 1979 年。评选指标为：建筑形式、施工工艺和工程技术具有建筑艺术特色和科学研究价值；反映郑州地域建筑历史文化特点；著名建筑师的代表作品；产业发展史上具有代表性的商业、厂房和仓库等；其他具有历史文化、革命纪念意义的优秀建筑。根据上述条件评选出 32 处首批近现代优秀建筑。

　　首批 32 处优秀近现代建筑如下：1. 熊耳河桥；2. 南乾元街 75 号院；3. 郑州黄河第一铁路桥；4. 北大女清真寺；5. 解放路天主教堂修女楼；6. 彭公祠（五亭）；7. 胡公祠；8. 河南省武警总队干休所礼堂；9. 巴巴墓（亭）；10. 东方红影剧院；11. 河南宾馆；12. 中国银行办公楼 1；13. 中国银行办公楼 2；14. 郑州国营第三棉纺厂办公楼、大门等；15. 郑州国营第三棉纺厂居民楼；16. 白鸽集团厂房；17. 郑纺机武装部办公楼；18. 中州皇冠假日宾馆主楼；19. 郑州铁路局北院办公楼；20. 郑州国营棉纺厂一、三、四、五、六生活区大门；21. 郑州市政府办公楼；22. 河南省黄河迎宾馆 8 号楼；23. 嵩山饭店一号楼；24. 河南省体育馆；25. 郑州大学（南校区）化学系楼、主教学楼；26. 郑州大学工学院原水利、机械、土建、电机系教学楼；27. 毛主席视察郑州燕庄纪念亭；28. 郑州市大塘水上餐厅；29. 邙山黄河提灌站；30. 河南人民会堂；31. 二七宾馆；32. 青春雕像。

　　近期，郑州市规划局正在编制近现代优秀建筑保护的专项规划，我们有幸参加了编制前的建筑调研及保护范围的划定工作，在此调研勘察的基础上我们编写了这本书，本书所涉及各处优秀建筑的调查资料截止到 2008 年年底。错误和不足之处敬请批评指正！

2011 年 5 月

目录
CONTENTS

毛主席视察郑州燕庄纪念亭

河南省黄河迎宾馆 8 号楼

胡公祠

彭公祠（五亭）

河南省武警总队干休所礼堂

纪念类建筑

第一编

毛主席视察郑州燕庄纪念亭

MAOZHUXISHICHAZHENGZHOUYANZHUANGJINIANTING

入选原因

为纪念毛主席视察而修建，具有特殊的纪念意义。

纪念亭一层内部顶棚的龙凤图案吊顶

　　毛主席视察郑州燕庄纪念亭位于郑州市金水区金水路燕庄，始建于1970年，重建于2002年。1960年5月11日下午，毛泽东主席在有关领导陪同下，驱车燕庄，体察民情，健步来到麦田，参观当时郑州东郊公社燕庄大队的麦田。1970年毛主席视察燕庄十周年之际，燕庄人在此建亭纪念。原亭砖木结构，经30多年风雨侵袭，木柱已严重腐朽损毁，2002年5月，毛主席视察燕庄42周年之际，富裕起来的燕庄人，自愿捐款在原址重建纪念亭，纪念亭由单檐木构亭子改成重檐混凝土亭子。

　　纪念亭为二层重檐六角亭，平面呈正六边形，由台明、柱子和屋顶三部分组成。台明东北边和西北边外侧设九步台阶，阶条石和垂带上安置汉白玉栏杆，亭内青石铺地；亭子正中置有"毛主席视察燕庄纪念碑"一通，坐于汉白玉基座之上。一层六根柱子使用棕色石材贴面，下用两层鼓镜柱础，除有台阶的两面，其余每面柱间安装青石坐凳，柱头雀替使用透雕卷草图案；二层朱漆红柱，柱间安装方格棂条图案窗。一层檐为黄色琉璃筒板瓦屋面，博脊上安合角龙吻，戗脊前部安仙人和小兽，二层檐为黄色琉璃筒板瓦攒尖顶，戗脊前部安仙人小兽，脊顶安宝瓶。雀替、额枋、构架、角梁、椽等施旋子彩绘，使用龙凤图案吊顶，上下檐翼角下悬挂铁质风铃。纪念亭通高12.26米，寓意主席12月26日生，平面宽8.3米，寓意主席寿83岁，建筑本体占地面积80余平方米。

1 | 2　　1 2　纪念亭重檐屋顶仰视

1 | 2　　1　纪念亭屋顶脊饰　2　纪念亭全貌

1 | 2　　1 亭内纪念碑正立面

2 亭内纪念碑背立面

河南省黄河迎宾馆 8 号楼

HENANSHENGHUANGHEYINGBINGUANBAHAOLOU

入选原因

具有时代特色的典型民族风格建筑，1964 年毛泽东主席曾在此入住并召开重大会议。具有重要的革命纪念意义。

8号楼周边小环境

　　河南省黄河迎宾馆位于郑州市惠济区迎宾路1号，地处郑州北郊，东望黄淮大平原，西临邙山之塬，北临黄河，地理位置优越，交通便利。

　　河南省黄河迎宾馆的前身为中共河南省委第三招待所，始建于1959年，是河南省的政治接待中心、会务中心、休闲度假中心。宾馆占地面积1200亩，馆内绿树成荫、景色宜人，有火车专用线相连，内设直升机停机坪。8号楼始建于1959年，工程历时三年，1962年建成。该楼建筑面积为2600平方米，平房、红瓦，坐北朝南，平面为倒"山"字形，周边环境幽静，建筑造型朴素典雅，内部结构简洁，设计合理，设施齐全。效仿中国传统建筑造型的坡屋顶与主入口处古希腊风格的建筑立面相结合，形成中西合璧的建筑构图，既凸显出建造年代的时代特征，还具有很高的艺术价值。建筑由13个房间组成，包括1个总统套房、1个夫人套房、2个小套房、9个标间；2个餐厅包房，可同时容纳30人左右用餐；一个可容纳60人左右的会议室和2个接见室，东接见室可容纳12人左右，西接见室可容纳6人左右。该宾馆建成之初名为"中共河南省委第三招待所"，后更名为河南省黄河迎宾馆。

| 8号楼全景远眺

　　1964年4月，毛泽东主席下榻黄河迎宾馆，入住8号楼，在此度过了四天三夜，期间接待过柬埔寨副首相朗诺。1998年该楼经过装修重新对外开放，先后接待过江泽民、李鹏、朱镕基、温家宝、贾庆林、曾庆红、黄菊、吴官正、罗干、李长春、李岚清、吴仪、姜春云等党和国家领导人。8号楼因接待毛主席而在郑州乃至河南人民心目中蒙上一层神秘感，至今，毛主席下榻的8号楼仍然保留着当时的布置环境，整个建筑外观还是保持原貌。在郑州，8号楼是唯一保存原貌的接待毛主席的住所，具有很高的历史价值和纪念意义。8号楼作为20世纪中期的优秀文化遗产，又有着不平凡的经历，具有重要的文物价值。

1	2

1 2　8号楼大厅内景

|8号楼入口门厅及坡道

胡公祠

HUGONGCI

入选原因

胡公祠由冯玉祥、张群、张继、高桂滋、刘峙、于右任等主持建造，具有特殊的纪念意义。该建筑为中国传统民族建筑形式，气势宏伟，建造精良，特别是密致的转角把臂厢拱，更是在同时期建筑中极为少见。

大殿屋顶翼角

　　胡公祠，又名胡景翼祠堂，位于郑州市人民公园内南部。1932 年开始建造，于 1936 年 9 月完工。胡公祠是冯玉祥等为纪念胡景翼将军在河南及郑州的战斗业绩，在郑州修建的一座气势宏伟的建筑群，由冯玉祥、张群、张继、高桂滋、刘峙、于右任等主持建造。

　　胡景翼（1892–1925），字笠僧，陕西富平人，1910 年入同盟会。在河南担任督军、省长等职时，采取"豫人治豫"的方针，清乡剿匪，惩治腐败，发展交通，兴办教育，对河南的经济建设和文化教育的发展，做了许多有益的工作，受到河南人民的拥护和爱戴，迅速稳定了中原局势。

　　胡公祠属民国中晚期建筑，现存大门、大殿和祠院，其大门现为人民公园南大门。大门为歇山式建筑，面阔三间，进深三间，砖木结构，墙体承重，不使用梁架，六根檩条直接搭于内墙体，檩头两端悬挑形成出山，檩上承托椽子，椽头安飞椽，形成屋面。翼角使用假梁头、老戗和嫩戗挑出翼角椽，老戗平出，后尾直接插入内墙。台明正中设三步青石台阶，北设五步台阶，两侧设三步如意台阶；不用柱子，红墙间（明间）前下金檩下安两扇板门，次间北面在墙上开门，山墙和内墙中部开窗，墙顶安放额枋和平板枋，枋上不使用斗拱，使用假梁头分间，绿色琉璃筒板瓦屋顶，彩色筒子脊两端安龙吻；山墙两侧做八字墙。

　　大殿为歇山式建筑，面阔五间，进深二间，木构架为"抬梁式"梁架，共使用四缝木构架，墙体为外围护结构，下部由十四根柱子组成柱网，承受竖向荷载，柱下用青石柱础，柱头安额枋和平板枋；平板枋上置九踩斗拱，南、北两面各置斗拱十攒，山面置四攒，四角每角置转角斗拱一攒，形成斗拱层系统；九架梁两端使用短柱支撑于外檐斗拱，九架梁上在前后下金檩和中金檩下立四根瓜柱，中金檩下用瓜柱支顶五架梁，形成传统的"抬梁式"梁架，五架梁上立两瓜柱支撑三架梁，三架梁上立脊瓜柱承托脊檩。前后下金檩下瓜柱支顶单步梁，单步梁另端插入中金檩下瓜柱。梁架间使用金枋和檩条连系稳固，檩条上钉椽子和望板等形成整个屋架系统。山面梁架使用双步，双步梁外端使用短柱支撑于外檐斗拱，另端插入九架梁，双步梁上立两根瓜柱，外瓜柱上支顶单步梁，里瓜柱直接支顶檩条，檩条上钉椽子和望板形成山面屋架系统。出檐使用飞椽悬挑，翼角不使用仔角梁，而是使用老角梁直接挑出翼角部分，老角梁后尾悬挑下金檩，其上安插续角梁和隐角梁，与檐椽一起形成整个建筑出檐。平面东西长 15.46 米，南北长 8.06 米，明间面阔 3.78 米，两次间面阔 3.47 米，两梢间面阔 2 米，台明东西长 20.5 米，南北长 8.06 米，占地 23 亩。台明阶条石上安青石栏杆，大殿红墙朱柱，屋顶用绿色琉璃筒板瓦，彩色菊花筒子脊两端安龙吻，中部置宝瓶，戗脊前部安仙人走兽。

建筑构造和构件的制作工艺采用郑州地方传统建筑手法，特别是大殿的斗拱和平板枋与额枋的造型处理，在传统建筑构件的营造基础上，加入精巧的雕刻和造型，翼角起翘较高，外形沿袭南方的建筑手法，整座建筑庄重、朴实。

| 1 | 2 |

1　大殿门前东侧的石狮　2　大殿门前西侧的石狮

大殿全景

1	2
3	4

1 大殿屋脊的正吻和垂兽
2 大殿屋顶正脊中部的宝瓶
3 大殿角科斗拱的精美木雕
4 大殿角梁梁头的龙头木雕

大殿东南角全景

大殿舒展的屋顶

彭公祠（五亭）

PENGGONGCI(WUTING)

入选原因

该建筑是纪念彭象乾及其将士的建筑，具有较高的历史价值。现仅存五座攒尖顶纪念亭，为群体合围式传统民族建筑，共同建造在一个台基上，该形式在中原地区较为罕见。

五亭细部一角

　　彭公祠位于郑州市人民公园院内，于民国十四年（1925）十月落成，原为纪念民国十一年驻守郑州阵亡之彭象乾团长及其将士的铭功之地，故称铭功园。

　　彭象乾，民国初期曾任靳云鹗部第八混成旅的一名团长，驻守郑州。1922年第一次直奉战争爆发，彭率团鏖战，郑州免遭横劫，彭象乾阵亡。战后，地方工商界感彭保卫郑州安全而牺牲，并铭记此战役阵亡战士，建成铭功园，为彭建立骑马铜像，树碑铭功，上刻"护国佑民"及阵亡将士姓名。1938年左右，"铭功园"改叫"彭公祠"。始建占地20亩，坐北向南，入大门，迎面有凉亭五座，为郑州市区内现存的唯一一组全木结构凉亭建筑。

　　该组建筑均为单层凉亭，屋顶采用攒尖顶形式，绿色琉璃瓦覆面。檐下的梁枋等木构件均施苏式彩画，内容多以山水、花卉为主，每面的额枋下均安装有花牙子骑马雀替。这五座亭子共同坐落在一座月台上，除中间一座为八角亭外，其余四座均为六角亭，每一座亭子均由各个角上的木柱与横向联系的角梁共同支撑上部的屋面。

　　抗日战争期间郑州沦陷，彭公祠遭到严重破坏，骑马铜像也被日本人掠走。新中国成立后，彭公祠几经修葺改建，至20世纪80年代，往日风景已难觅踪影，大殿及其附属建筑都未能保存下来，只有这仅存的五座凉亭让人们回味着此处的沧桑。

1	2
3	4

1 额枋内表面以梅花为题的苏式彩画

2 亭子屋顶造型

3 亭子四周的"美人靠"

4 五亭一角

彭公祠五亭南立面

河南省武警总队干休所礼堂

HENANSHENGWUJINGZONGDUIGANXIUSUOLITANG

入选原因

邓小平在这里作"东进的形势和任务"讲话，陈毅、张际春出席会议。具有革命纪念性意义。

礼堂南立面

　　河南省武警总队干休所礼堂，原名郑州绥靖公署礼堂，位于郑州市管城区南顺城街路西，其所在地原为吕祖（即吕洞宾）庙。1945年秋，国民党第五战区长官司令部由漯河移驻于此，改称为郑州绥靖公署，作为国民党派驻河南的最高军事机构。很多国民党军政要员如顾祝同、范汉杰、白崇禧、何应钦、杜聿明、陈诚等，都曾在绥靖公署落脚。1948年10月22日郑州解放，10月24日邓小平同陈毅、张际春在公署礼堂召开了团以上干部会议，做了"东进的形势和任务"讲话。20世纪80年代，改建成省武警总队招待所。

　　该建筑平面呈长方形，占地面积约580平方米，横向跨度达15米，属大空间公共建筑。侧立面采用竖向高窗，既能减少外界干扰对室内的影响，又可以满足采光和通风，非常符合礼堂类建筑的使用需要。建筑屋顶形式富于变化，平屋顶和坡屋顶相结合，局部檐口处使用线脚。立面处理上，壁柱和竖向采光高窗有节奏地组合在一起，形成错落有致的立面造型。平面凹凸有致，呈中轴对称布局形式。整幢建筑造型别致，既美观又实用。该建筑是郑州解放前后革命建筑的典型代表，邓小平同志曾在这里对战局进行讲评，还有许多革命前辈都在这里工作过，它是郑州市为数不多的革命纪念建筑，具有很高的历史价值。

| 礼堂屋顶细部

| 礼堂西南角近观

与该建筑相关的大事记

郑州绥靖公署成立于 1945 年 10 月，刘峙任主任，胡宗南、刘汝明、孙震任副主任。该绥靖公署辖第一战区和第四、第五、第七绥靖区。1946 年 5 月，张轸任副主任。6 月，该绥靖公署调集重兵，向鄂豫地区的共产党武装发起进攻，开始了全国性内战。10 月，顾祝同接刘峙任主任，范汉杰调任副主任。

1947 年 3 月，该绥靖公署改为陆军总司令部郑州指挥部，仍以顾祝同为主任，同时改由陆军总司令部徐州指挥部节制。辖整编第二十六军和第四绥靖区。不久范汉杰接顾祝同任主任。6 月，范汉杰调任第一兵团司令。孙震接任主任，李延年任副主任。

1948 年 10 月 22 日郑州解放，10 月 24 日邓小平同陈毅、张际春在公署礼堂召开了团以上干部会议，作了"东进的形势和任务"讲话。

新中国成立后，南下街经过恢复整修，一改昔日街道狭窄、房屋低矮的旧貌，曾是郑州售卖石灰、麻刀、麻刀泥、煤土等民用建筑材料一条街。之后，又在吕祖庙旧址上建起了省武警招待所。

河南人民会堂

河南省体育馆

东方红影剧院

大型公共建筑

第二编

河南人民会堂

HENANRENMINHUITANG

入选原因

是河南省政治、经济、文化生活的重要活动场所。建筑造型庄重大气，立面构图虚实对比强烈，竖向采光窗韵律感强。

会堂外立面的竖向长窗

　　河南人民会堂位于郑州市金水区花园路 1 号（紫荆山广场对面），该会堂于 1976 年动工兴建，于 1978 年竣工。会堂始建之时正值我国改革开放之年，与改革开放同岁，会堂在建成之初曾称作"河南省人民会场"，当时是河南省各类政治文化活动的主要场所，为河南省的各项政治会议及商业贸易活动服务的大型公共建筑，也是河南省政治文化活动的中心。该会堂目前仍是河南省容纳人数最多、会议室最多、舞台面积最大的会议场所；曾多次接待党和国家领导人、重要外国来宾及国家和国际级文艺团体。会堂的设备与时俱进，现在拥有 2400 余个软席座位，舞台总面积达 700 平方米，堪称中原第一大舞台。会堂由河南省建委设计院（现名"河南省建筑设计研究院有限公司"）设计。

　　河南人民会堂自建成之日至今外观一直保持原样，内部设备与时俱进，不断更新，会堂的使用功能日趋完善。该会堂不仅有主席团会议室、外宾厅，而且独具匠心地设计出 18 个中小型会议厅，分别以河南省 18 个地市的风土人情及不同风格进行设计装修，充分体现了河南丰富多彩的古老文化特色，如洛阳厅的"龙门石窟壁画"、开封厅的"清明上河图"等，使不同地市的代表或与会者，到了代表自己地市的会议厅内，有宾至如归的感觉。

会堂占地面积达 50 亩，建筑面积 18000 平方米。建筑主体采用钢筋混凝土框架结构。整座建筑外观呈四方体造型，浑厚庄重且不失大气；平面呈方形，外立面墙体采用白色大理石贴面，二层以上的竖向长窗不仅韵律感极强，且增大了采光面积并有良好的通风效果。内部空间以观众厅为主体，周围环绕着其他会议室及办公室等空间。整座建筑造型沉稳、空间布局合理有序，外观明快简洁，体现现代生活的明快、简约、实用，但又富有朝气的气息，彰显出极为典型的时代特征。

| 1 | 2 | 1　会堂主入口大厅全景　2　会堂次入口门厅全景

| 1 | 2 | 1　会堂外立面　2　会堂全景

该会堂建成之后很长一段时间内都是郑州市的一座地标性建筑，外观造型新颖、整座建筑大气磅礴，外观造型、功能分区、空间布局、交通流线、立面处理等很多方面都具有很高的艺术价值。它一直是河南省政治、经济、文化生活的重要活动场所，在人们的视线中已经形成特有的情感和价值，为我们了解当时郑州的公共建筑文化提供了真实的实物资料。

1	2	1 会堂观众厅屋顶装修
3	4	2 会堂观众厅全景

3 会堂观众厅内侧装修局部

4 气势恢宏的观演空间

河南省体育馆

HENANSHENGTIYUGUAN

入选原因

郑州市建设最早、规模最大的体育场馆，采用圆形平面布局，整体造型特色鲜明，具有很强的视觉冲击力，是郑州早期大型公共建筑的典型代表。

　　河南省体育馆位于郑州市金水区，东临文化路，西临健康路，南临优胜南路，北临优胜北路。该建筑建成于1966年，由建筑工程部中南工业建筑设计院设计。

　　体育馆整座建筑采用圆形平面布局，建筑主体呈圆柱形，采用弧线形屋顶，浑厚庄重且不失大气；二层以上的竖向长窗增大了采光面积并有良好的通风效果。内部空间以观众厅为主体，周围环绕着其他会议室、办公室及各类训练室等空间。该建筑属于大型体育类建筑，建筑布局从功能出发，能够满足多种比赛的需求，近半个世纪以来为河南体育事业做出了不朽贡献。在这里举办过全国首届青少年运动会，第一届至第五届全省运动会。半个多世纪以来，这里走出了一批为国家和河南争光的优秀运动员，也接待过来自世界各地和全国各省市的运动队。目前该场馆还完好地保留着，仍然在为河南省体育事业的发展不断地做贡献。它亲身见证了河南省体育事业一天天不断发展壮大的过程，具有很高的历史价值。

　　该体育馆内部各类比赛场馆是陆续建设而成的。1955年首先在田径场内建成西主席台和西看台，1956年续建南北看台和挂分台，东主席台

1	2
3	4

1 体育馆外立面局部仰视
2 体育馆西入口
3 体育馆北入口
4 馆内的弧形走廊

和东看台于 1957 年底竣工；1956 年建成一座室外灯光球场，但为适应全国体育和国际体育交往的需要，此灯光球场远远不能满足需求，故又进一步进行了大规模高水平的建设，于 1969 年年底建成为当时全国比较先进的体育馆。河南省体育馆的落成使得河南省的体育事业迅速发展，体育交往日趋频繁。此后，在上级领导的支持下，又于 1973 年建成一个游泳池，1980 年在体育馆东北角建一旱冰场，1981 年建成一综合练习馆，可供篮球、排球、乒乓球和武术等项目练习使用。后来又在此基础上不断对各类体育设施进行完善，才有了今天的规模。

| 屋顶造型局部

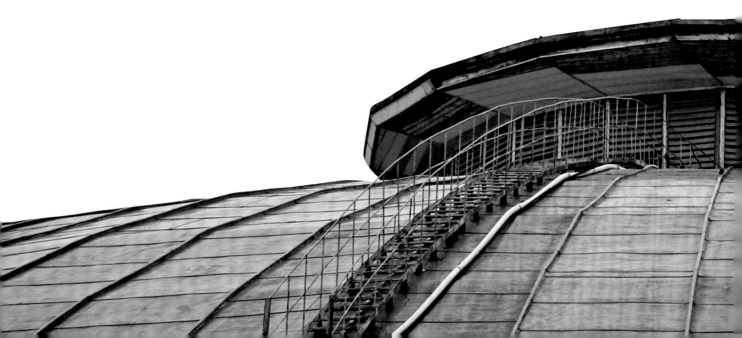

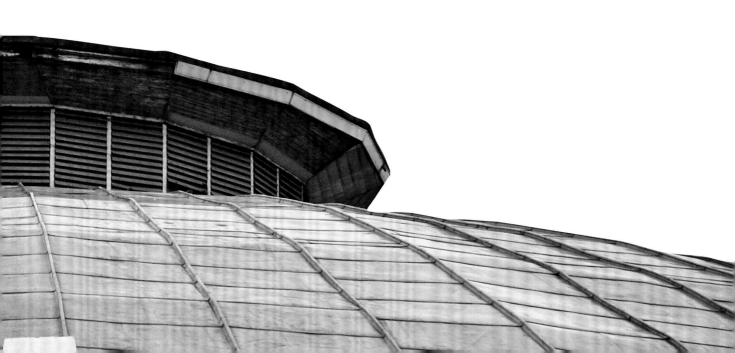

弧形外墙局部立面

与该建筑相关的大事记

1	1957 年冬，河南省武术教练员训练班在河南省体育场举办。同年冬至 1959 年夏，河南省业余体校体操运动员在河南省体育场集训。
2	1958 年夏，国家青年篮球队来河南省，同河南省队在灯光球场举行三场友谊赛。同时还举行了全省中学生田径运动会。同年 8 月又举行了河南省田径赛和河南省体操锦标赛。
3	1958 年，为参加全国第一届运动会，在河南省体育场集训的集训队计有：田径、体操、篮球、排球、足球、武术、摔跤、乒乓、垒棒球、自行车等十个项目 400 余人。
4	1958 年 9 月，河南省第一届运动会在河南省体育场举行。河南省首届运动会结束后正式建立的足、篮、排、田、乒、自行车等项专业运动队，平时训练、比赛均在该体育场进行。
5	1959 至 1963 年，这五年里我国人民处于低标准时代，是生活最困难时期。体委系统上级强调 "大生产小训练，养精蓄锐，劳逸结合"。但社会上出现了多种流行性疾病，影响了体育竞赛的开展工作。
6	1964 年，河南省运动会在省体育场举行。
7	1966 年 10 月，中共河南省委在省体育场召开史无前例的 "文化大革命" 动员大会。
8	1972 年 6 月 3 日，阿尔巴尼亚田径队同河南省田径队在省体育场比赛两场，观众近万人。
9	1973 年 6 月 24 日，索马里足球队同河南省足球队在省体育场举行友谊赛，观众近 12000 人。
10	1973 年 7 月 3 日，阿尔巴尼亚男子排球队同河南省男子排球队在河南省体育馆举行两场友谊赛，观众 4000 余人。
11	1973 年 7 月 7 日晚，柬埔寨乒乓球队同河南省乒乓球队在省体育馆举行两场友谊赛，观众近万人。
12	1973 年 9 月 9 日、11 日、14 日，河南省乒乓球队同来访的日本、尼泊尔、墨西哥、民主也门乒乓球队在省体育馆举行四场友谊赛，观众 19600 余人。
13	1974 年 7 月 21 日、22 日晚，索马里男篮同河南省男篮在省体育馆举行两场友谊赛，观众近 20000 人。
14	1974 年 9 月，河南省第三届运动会在省体育馆举行。
15	1974 年，国家体委、河南省体委在省体育馆安排的友谊赛、联赛如篮球、排球、足球、乒球、体操、击剑、武术等全年总计 94 场次，观众 44 万人。全年河南省、市大型会议 43 次。
16	1975 年 4 月 22 日下午，阿尔及利亚田径队和河南省田径队在省体育场举行友谊赛，观众 12000 人。同年 7 月 16 日晚 8 点，埃及男子排球队同河南省男排在体育馆进行友谊赛，观众 5000 人；7 月 17 日晚，埃及男排同广西壮族自治区男排举行友谊赛，观众近 5000 人；8 月 12 日至 24 日，索马里游泳队在河南省体育馆游泳池进行训练。
17	1975 年 9 月，河南省围棋男队获第三届运动会团体亚军。
18	1976 年 2 月，河南省围棋队员刘晓光同志调入国家围棋队。同年 5 月 24 日晚，河南省乒乓球队同来访的越南乒乓球队进行了 13 场男女单打和少年男女单打对抗赛，观众 5000 人；同年 8 月 28 日下午，河南省体校足球队同来访的日本东京都少年足球队，在省体育场进行了友谊赛，观众 12000 人；同年 9 月 3 至 6 日，河南省和山西省足球队，同来访的菲律宾足球队在河南省体育场举行两场友谊赛，观众约 30000 人；同年 11 月 5 日，巴基斯坦男篮同河南省男篮在河南省体育馆内和灯光球场举行两场比赛，观众 5000 人。
19	1977 年，全国排球郑州赛区在河南省体育馆举行。
20	1978 年 3 月，河南省围棋队在厦门获全国团体亚军。同年 9 月，河南省第四届运动会在省体育场馆举行；同年 9 月 27 日，河南省男篮同来访的乍得男篮在省体育馆举行友谊赛，观众近 5000 人；同年，河南省科学大会在省体育馆召开。
21	1979 年 7 月，共青团河南省七代会在省体育馆召开。同年 7 月 16 日，河南省省会纪念 "七一六" 十周年大会在省体育馆召开。

东方红影剧院

DONGFANGHONGYINGJUYUAN

入选原因

始建于新中国成立初期，为当时文化娱乐活动的重要场所，也是郑州保留不多的影剧院建筑。

东方红影剧院观众厅全景

东方红影剧院位于郑州市二七区正兴街 37 号，始建于 1949 年，由河南省军区后勤部拨款兴建。这是新中国成立后郑州市建成的第一所影剧院，参照北京天桥剧场设计。东方红影剧院原名中原影剧院，曾名"人民影剧院"和"百花影剧院"。

该影剧院建筑平面呈长方形，前后分为两部分，前部为观众厅，后部为舞台和后台，为大空间建筑。观众厅为青砖墙红瓦顶，墙体外侧设有壁柱，整体墙面不开窗，内部设阶梯状看台，看台两侧设通道，看台前部（门侧）设隔层，其上设为放映室，上部用半圆形吊顶。

影剧院的观众厅为砖木混合结构，舞台厅为混凝土框架结构，竖向使用墙体和壁柱承载，上部梁架使用木屋架，斜梁架一端承托于壁柱之上，另一端承托于混凝土独立柱之上，节点处用钢板和铆钉固定连接，梁架斜梁上使用方木承托屋面，形成整个屋顶空间结构。

东方红影剧院是新中国成立后郑州最早的文化娱乐性公共建筑，具有明显的时代特征，屋顶采用中原地区传统的建筑特色，正立面采用马头墙装饰，具有南方建筑风格，在具有防火功能的基础上，兼具艺术价值。

宾馆、酒店 第三编
及特色餐饮类建筑

河南宾馆

HENANBINGUAN

入选原因

20 世纪 50 年代典型中原地方特色的民族建筑，曾接待过毛泽东、周恩来、邓小平等老一辈无产阶级革命家。

西配楼西立面

　　河南宾馆位于郑州市金水区金水路 26 号，始建于 1954 年 7 月，占地 34 亩，建筑面积 20000 平方米，2003 年被河南省旅游局批准为三星级宾馆，原隶属于河南省政府接待办，1989 年 8 月由河南省人大常委会办公厅接管。河南宾馆在 50 多年经营发展的历史上，曾接待过毛泽东、周恩来、邓小平等老一辈无产阶级革命家，有过辉煌的成就。该宾馆有可容纳 300 人的大型宴会厅、6 个功能各异的会议室以及大型的停车场等配套服务设施。

　　河南宾馆主楼坐北朝南，主体为砖混结构，梁架为木结构，采用中国古典建筑的营造方式设计建造，屋顶为歇山式，檐下施斗拱，中间部分外立面上有六根朱红色两层高的柱子，入口雨棚上部的平台周边施有仿古石勾栏，梁头雕刻采用卷云纹，歇山山面博风中间施有悬鱼，正脊及垂脊上置有脊饰构件。建筑内部装修处理别具匠心，楼梯扶手上所使用的铁艺构件反映出西方文艺复兴时期的特点。

　　河南宾馆是郑州目前为数不多的保留较为完好的 20 世纪中叶宾馆类建筑之一，曾接待过毛泽东、周恩来、邓小平等老一辈无产阶级革命家，奠定了郑州在新中国成立初期接待事业的基础，它亲身见证了郑州从贫穷落后到如今飞速发展的历程，承载着许多郑州人旧时的回忆及对美好未来的憧憬。历经半个多世纪，河南宾馆依然保存完好，其自身所蕴藏的历史信息几乎被完整地保存下来。

| 屋顶翼角局部

1	2	1　主楼一层柱头上的仿古雀替
		2　主楼外立面的装饰图案

1	2	1　主楼西侧配楼西南角局部
		2　配楼外立面

主楼建筑内部一景

<table>
<tr><td>1</td><td>2</td></tr>
<tr><td>3</td><td>4</td></tr>
</table>

1 主楼内部一景
2 主楼内走廊
3 主楼大厅内部一角
4 主楼客房内景

主楼内部复古主义楼梯扶手

中州皇冠假日宾馆主楼
ZHONGZHOUHUANGGUANJIARIBINGUANZHULOU

入选原因

代号 5902，意为"1959 年第二号工程"。当年，它与始建于 1959 年的河南省委第三招待所（即黄河迎宾馆，代号为"5901"工程）、郑州市委办公大楼并称为"河南三大工程"，具有重要的历史纪念意义。

主楼前广场一角

　　中州皇冠假日宾馆位于郑州市金水区金水路 115 号，原名中州宾馆。中州皇冠假日宾馆主楼建成于 1959 年，由原国家建工部第一工业设计院设计，河南省第一建筑公司负责施工。建成之初名为"中州宾馆"，归省委、省政府办公厅双重领导。2001 年 10 月更名为"中州皇冠假日宾馆"，归中州国际集团所有。

　　中州宾馆主楼为砖混结构，长条形的平面布局形式，建筑面积 1.7 万平方米，共 4 层，150 个客房，300 张床位。该建筑设计新颖，高大宏伟，仅一楼大堂面积就有 600 平方米，在建成之后很长一段时间内都是郑州市的一座地标性建筑。入口台阶两侧设有弧形坡道，汽车可直接驶入雨棚下的大堂入口平台。外立面采光窗密集但排列规整，使整幢建筑具有良好的采光和通风效果。建筑外观简洁、明快，一切从功能出发，讲究造型比例适度、空间结构图明确美观。

| 立面的茶色玻璃采光窗

历史背景

中州宾馆始建于 1959 年，是国内专家自行设计和建造的，建筑风格中西结合，当时是为接待贵宾而建。宾馆建成后，曾因多次接待中外重要人物而声名远播，并获河南"国宾馆"称号。1961 年 9 月，开业一个月的中州宾馆，迎来了首位"重量级"客人——英国陆军元帅蒙哥马利；1964 年，清朝末代皇帝溥仪来河南观光，入住中州宾馆；1980 年，丹麦首相入住中州宾馆；1995 年 2 月，曾经接待过邓小平、李先念、万里等中央领导和多位外国政要的中州宾馆 1 号楼（即 1961 年 8 月开业的宾馆主楼），完成了五星级标准改造，部分客房开始对外营业。此时，中州宾馆以崭新姿态全面进入国际化运营时代。2001 年 10 月，中州宾馆被如今的中州皇冠假日宾馆取代。

1 | 2　　1　一层大厅全景　2　大厅内柱的科林斯柱头

1 | 2　　1　豪华的大理石墙面装修　2　大厅北部庄重气派的大理石贴面楼梯

二七宾馆

ERQIBINGUAN

入选原因

二七广场较早建设的重要宾馆建筑之一，建筑造型简洁，建造技术先进，立面富有韵律。

二七宾馆全景

　　二七宾馆位于郑州市二七广场西南侧（解放路 168 号），交通便利，周围餐馆、商场集中。四周人员密集，人流量大。距二七纪念塔 46 米，塔与馆相陪相衬，相邻相居。始建于 1974 年的二七宾馆，于 1975 年建成，并于同年 5 月 1 日开业投入经营，它是 20 世纪 70 年代中期郑州市在市中心建设的新中国成立后第一座现代化大型宾馆。由郑州市城市建设设计院设计，由河南省第五建筑安装公司负责施工承建。

　　二七宾馆分别由主楼（北楼）、东配楼、西配楼和南边的设施设备用房组建而成。建筑主体采用砖混与局部框架结构，总建筑面积 21000 平方米，占地 12.69 亩。主楼八层，高 26.3 米，建筑面积 7532 平方米；东配楼六层，高 20.2 米，建筑面积 4096 平方米；西配楼七层，高 23 米，建筑面积 4112 平方米；其他各种附属建筑的面积总和为 5260 平方米。

　　建立之初的二七宾馆建筑功能齐全，配套设施先进，能够为宾客提供非常全面而又优质的服务。二七宾馆建成后参加了建设部组织的全国省会城市重点建筑评选，被评为优秀建筑并获奖，使用至今还牢固如初，没有出现任何建筑质量问题。

　　二七宾馆和市政府办公楼、二七纪念塔在当年曾被市民称为郑州市三大最高建筑，成为当时郑州市的地标性建筑。建筑平面布局合理，外观造型新颖独特，结构坚固，无论从功能分区、空间布局、交通流线、立面处理等等很多方面都具有很高的艺术价值。

该宾馆建于 20 世纪 70 年代后期，为 20 世纪遗产中改革开放初期的产物，属于当代文化遗产，是功能延续着的"活着的遗产"，至今仍然保持着鲜活的生命力，它体现了河南人民在经历了十年动乱后热情建设家园，发展家乡的象征。同时，作为 20 世纪 70 年代的建筑，距今已有 30 余年，一直作为河南省外交的重要接待场所，在人们的视线中已经形成特有的情感和价值，为了解那一段时期郑州的宾馆建筑提供了实物资料。

| 建筑主入口

<table>
<tr><td>1</td><td colspan="2">2</td></tr>
</table>

1 建筑正立面侧视
2 室内楼梯间一角

历史背景

二七宾馆于 1974 年开始建设；1975 年 5 月 1 日，二七宾馆建成开业，是
与二七纪念塔同期建造的姊妹建筑；2002 年 2 月 26 日，二七宾馆接待了
参加"全国社会保险局长"会议的成员；2008 年 3 月，对二七宾馆全面
进行装修，以焕然一新的形象迎接客人。在二七宾馆开业运营初期，只接
待持有县级以上证明、介绍信的客人入住，改革开放后全面对外接待营业。
自开业至今三十余年来，尤其是在前中期，曾多次接待国家一机部、建设部、
农业部、劳动部、国家建委等部门，也较为频繁地接待过省、市各种会议，
曾是多届全国第一会著称的"糖酒食品交易会"的筹备处和分会场。

嵩山饭店一号楼

SONGSHANFANDIANYIHAOLOU

入选原因

郑州市嵩山饭店是目前河南省规模最大的花园式三星级旅游饭店，是河南省、郑州市会议及公务接待定点服务单位，郑州市最佳旅游星级饭店。一号楼堪称嵩山饭店的"名片"，具有典型的时代特色。

一号楼主楼背立面

　　嵩山饭店一号楼（现名迎宾楼）位于郑州市伊河路 156 号嵩山饭店院内。该建筑建成于 1963 年，由郑州市建筑设计院总工杨国权设计。九号楼也即迎宾楼的配楼建造于 1986 年。整座楼建筑面积达 7619 平方米，主体属砖混结构，局部为框架结构。建筑主体外观为仿中国古典建筑形式，立面顶部采用中国古典建筑"庑殿顶"的造型，黄色琉璃瓦。顶檐外挑，使大楼整体错落有致，配上顶部的琉璃瓦和雕花，整体显得精巧细致。入口雨棚屋顶模仿"盝顶"形式，与顶层的重檐攒尖顶双亭及庑殿顶连廊立面构图形成呼应。建筑外立面使用米黄色的瓷砖贴面，茶色的采光窗有序地排列其间，显得典雅大气。这座大楼将传统艺术与现代风格结合在一起，堪称建筑精品。

　　嵩山饭店建店至今，曾接待过江泽民、吴官正、李长春、杨尚昆、李鹏、李瑞环、李德生、李岚清、丁关根、荣毅仁等众多党和国家领导人。承载着厚重的"郑州记忆"。

| 仿古重檐屋顶翼角

| 仿古重檐屋顶局部

历史背景

嵩山饭店是直属郑州市政府的三星级旅游涉外饭店，其前身是"郑州市委招待所"，位于伊河路中段，毗邻市政府、绿城广场、河南省图书馆，交通便利，占地60亩，庭院式小群楼建筑格局，园林景致怡人，素有"花园式饭店"的美称。

20世纪50年代，大型的国棉、砂轮、煤机、印染等工业项目相继在郑州西郊落户，郑州市市委由此决定在西郊新建办公楼。考虑到开会、接待等工作需要，1958年郑州市市委决定在其办公楼附近建一个招待所。1960年年初，杨国权开始设计招待所的主体大楼，他把传统文化理念与现代宾馆理念融合在一起，又加入新中国成立后的时代气息，设计一座与郑州市所有建筑风格都不一样的大楼。方案设计出来后，很快得到了大家的认可，1963年初，郑州市委招待所大楼建成，即今日的嵩山饭店一号楼。

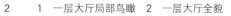

1 | 2   1 一层大厅局部鸟瞰   2 一层大厅全貌

郑州市大塘水上餐厅

ZHENGZHOUSHIDATANGSHUISHANGCANTING

入选原因

郑州市早期餐饮类建筑的典型代表，建筑选址独特，景观环境优美，建筑手法精良。

建筑内部空间

　　郑州市大塘水上餐厅原名郑州水上餐厅，位于郑州市金水区二七路100号，该建筑建成于1971年，横跨于金水河上，周边虽高楼林立，但由于远离商业区，环境较为幽静。大塘水上餐厅为南方古典园林式的建筑风格，以粤式餐饮为主题，开创了郑州市休闲饮食文化的先河。

　　郑州市大塘水上餐厅横跨金水河，两岸各有两座配楼，呈长条状布局，建筑共有两层，总建筑面积约800平方米。餐厅临岸照水，属于雕梁画栋的南方古典园林式建筑，两岸的建筑分别采用了"十字脊"和"攒尖顶"，中间部分古朴典雅的两层小楼"漂"在水上，仿佛古代的画舫。灰色的板瓦、花瓦脊、山面上施有悬鱼和博风、立面上装饰有花格窗和雀替及朱红色的柱子等，与金水河的波光映衬，古色古香，充满了古典的韵味。待到晚间，透过餐厅的花窗往外看，远处暗波荡漾，灯火阑珊，二七路上的车流与行人往来不息，那是一片忙忙碌碌为生活而奔波的场景，和餐厅里的闲适形成强烈的对比，此情此景，每一位餐厅里的食客心中无不拥着一种超然的平静，一种心灵回归的静谧感觉，这种感觉正是这座餐厅带给人们的最高享受，实现了建筑、景观与人的完美融合。

　　郑州市大塘水上餐厅是河南省会迁郑后的第一个具有代表性的采用园林特色建筑形式的休闲餐饮企业，为郑州市开辟了以园林休闲风格为餐饮主题的先河，历经近半个世纪的岁月至今依然保存完好，且越发显得生机勃勃。它那轻盈飘逸的仿古园林建筑造型，亲水景观的营造理念，是郑州早期餐饮行业特色化发展的典型代表，具有很高的历史纪念意义。

郑州市大塘水上餐厅毗邻市中心商业繁华地段，却以其独特的建筑形式及与金水河融为一体的借景手法为广大食客提供了一个静谧悠然的就餐好去处。以该餐厅为中心的广式餐饮文化正逐渐在郑州生根发芽，在悄无声息地改变餐饮文化的同时也悄悄影响着郑州市民的生活方式，使人们学会放慢生活节奏，享受生命的美好。

| 建筑细部

| 角楼十字脊屋顶

郑州大学（南校区）化学系楼、主教学楼

郑州大学工学院原水利、机械、土建、电机系教学楼

科教类建筑

第四编

郑州大学（南校区）化学系楼主教学楼

ZHENGZHOUDAXUE(NANXIAOQU)HUAXUEXILOUZHUJIAOXUELOU

入选原因

郑州大学是新中国成立后郑州第一所综合性大学，是河南高等教育蓬勃发展的缩影。建筑布局轴线对称、苏式风格、庄严厚重。

化学系楼正立面

该组建筑位于郑州市二七区大学路 40 号，郑州大学南校区院内，建于 20 世纪 60 年代，由苏联专家设计。郑州大学作为新中国成立后郑州第一所综合性大学，是河南高等教育蓬勃发展的一个缩影。建校时值新中国成立初期，国家百废待兴，那时郑州市的高等教育几近空白，这两座教学楼的建成为郑州大学成立初期能够进行正常的教学工作奠定了必要的基础。

化学系楼共有三层，砖混结构，红瓦坡屋顶，中轴对称的建筑平面布局，一个个排列整齐的竖向长条形采光窗使得建筑立面富有节奏感。外墙均为清水砖墙，厚 37 厘米，局部粉刷，其他为清水墙水泥勾缝，内墙为麻刀灰粉刷，老粉刷白。内部的楼板面层采用水磨石地面，既洁净美观，又具有很强的耐磨性。外立面除了整齐排列的采光窗外几乎没有任何装饰，给人一种简洁的感觉。

主教学楼的建造时间较化学系稍晚，主体采用砖混结构，平面也呈对称式布局，建筑内部以一条走廊连接两侧的功能性空间。主楼中部和两侧配楼两端设有楼梯间，在竖向交通方面起到了良好的分流作用。建筑层数由中间向两翼逐渐递减，中间部分为六层，两侧分别递减至五层，两端的建筑则减为四层。这样就构成了阶梯状的外观，从远处看上去给人以巍峨壮观的感觉。建筑外立面整体采用灰白色的珍珠岩饰面，竖向的条形长窗能够极大地满足采光和通风的需求。建筑平面布局也十分讲究，并没有完全采用"一"字形布局，而是将两侧的配楼有序地南移，与主楼形成阶梯状的连接形式，不仅满足结构上便于设置变形缝的需要，也从整体造型上使建筑充满韵律。

　　这两座教学楼从建成之日起就一直作为教学、科研基地使用，作为郑州市高等教育逐步发展壮大的亲历者，能够完好地保存至今，不仅对于郑州大学具有积极意义，对于社会而言更是一笔不可多得的财富。

| 1 | 2 |

1　化学系楼外立面　　2　化学系楼主入口近观

| 1 | 2 | 1 主教学楼西北角及其周边环境　2 主教学楼内部空间 |

郑州大学工学院原水利、机械、土建、电机系教学楼

ZHENGZHOUDAXUEGONGXUEYUANYUANSHUILIJIXIE
TUJIANDIANJIXITEJIAOXUELOU

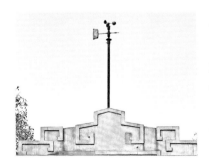

入选原因

1963 年，原郑州大学的水利、机械、土建、电机 4 个工科系分出组建郑州工学院，形成以工科为主要特色的院系，具有一定的历史价值和纪念意义。四座教学楼呈对称式群体组合布局、单体建筑采用苏式风格，中轴对称，周边大树遮天蔽日，与之相互掩映，环境优雅，特色鲜明。

原土建系教学楼角楼局部

该组建筑位于郑州市金水区文化路 97 号，建造于 1963 年。水利及土建两系的教学楼由苏联专家设计援建，机械与电机两系的教学楼由我国自行设计建造。这四座建筑自建成之日起一直归郑州工业大学（现名为郑州大学工学院）所有。

水利系教学楼原名水土楼，建筑面积 9213 平方米，平面中轴对称，建筑高度为三层，采用混合结构建造。设计耐久等级及建筑物的耐火等级均为二级。屋顶形式为平顶，整座建筑庄重典雅，入口处的六根石柱所承托的两层通高雨棚上的某些细部（如石质的雀替）等体现出其浓郁的中国特色。

水利、机械、土建、电机系教学楼自建成之日起至今还在使用，布局合理，实用性强，显示出当时设计的科学性。郑州大学工学院的水利、机械、土建、电机系四座教学楼当中的水利和土建楼是由前苏联援建的，建筑在满足使用功能的前提下，外观典雅厚重，有很多细部都模仿中国古代建筑的构件形式制作，从整体上看形成一种中西合璧的建筑式样，加之建筑外立面所使用的竖向长条状红色清水砖墙和镶嵌其中的茶色采光窗，建筑整体造型与周围郁郁葱葱的梧桐树相得益彰，象牙塔内的那种宁静厚重、温文尔雅的浓郁气息被完美地展现在人们的视线之中，这是通过建筑手段来实现精神层面升华的最好例证。

　　这组建筑自建成之初至今仍然保持原貌，且仍在作为教学楼使用，可见其高标准的建造工艺。虽历经寒暑，但依然保存完好，其使用价值在时间的长河中得到更好的证实。水利、机械、土建、电机系教学楼见证了中苏之间的友谊，是 20 世纪留存中的优秀遗产，是"活着的遗产"中的教育类建筑物，具有很高的历史、科学及文物价值。

1	2
3	

1　原水利系教学楼一角　2　原水利系教学楼正立面局部
3　原水利系教学楼全景

郑州国营第三棉纺厂办公楼、大门

郑州国营第三棉纺厂居民楼

白鸽集团厂房

郑州国营棉纺厂一、三、四、五、六生活区大门

工业建筑遗产
及相关附属配套建筑

第五编

郑州国营第三棉纺厂办公楼、大门

ZHENGZHOUGUOYINGDISANMIANFANGCHANGBANGONGLOUDAMEN

入选原因

"一五"时期国家投资建设郑州纺织基地的代表性工业建筑。

　　郑州国营第三棉纺厂（简称为国棉三厂）位于郑州市中原区棉纺路中段，建于1954年，由苏联专家援助我国设计建造。

　　大门采用长条形的平面布局，砖混结构。整座大门由三部分组成，中部为面阔五间盝顶式建筑，两侧为三间盝顶式建筑。墙体为清水砖墙素面。入口过厅面阔三间，稍间柱头使用骑马雀替，中部过厅两侧的传达室及两侧配房外墙均开有采光窗。

　　办公楼平面呈长条形布局，砖混结构。内部采用一条长走廊连接其两侧的办公室和厂房，交通流线明确；细部处理仿中国传统建筑手法，如办公楼女儿墙下部一斗三升的斗拱、入口雨棚柱头施仿古雀替等；外墙采用清水砖墙素面。办公楼北侧厂房为锯齿形屋顶，层高相当于办公楼的两层，墙面开竖向高窗满足自然采光，既节约了能源，又塑造了韵律十足的建筑屋顶形式。

　　郑州国棉三厂的办公楼和大门作为"一五"时期国家投资建设郑州纺织基地的代表性工业建筑，如今被完好无损地保留了下来，它将继续向人们讲述郑州那段轰轰烈烈的城市快速发展之路！

历史背景

郑州国棉三厂成立于 1954 年，是 20 世纪中叶国家的大型企业，对我国经济发展做出了重大贡献。20 世纪五六十年代，新中国刚成立不久，国家百废待兴，特别是人民群众的温饱问题亟待解决。在此背景下，国家确立"自己动手，丰衣足食"的战略方针，在前苏联的帮助下在郑州市筹建郑州工业基地，用以发展纺织制品的生产，解决广大人民群众的穿衣问题。这一组建筑群是目前郑州所有棉纺厂中保存最为完好的，它承载了几代三厂人自强不息搞生产的记忆。这些建筑融合了西方古典建筑和我国传统建筑的样式特点，具有很高的艺术价值和历史价值。

1	2
3	

1 办公楼入口大厅内部 2 纺织车间生产场景

3 大门背立面

郑州国营第三棉纺厂居民楼

ZHENGZHOUGUOYINGDISANMIANFANGCHANGJUMINLOU

入选原因

单体建筑采用苏式建筑整体构图，并在细部处理上穿插中国古代建筑元素符号。建筑群体组合则模仿中国传统合院式建筑布局特色，形成中西合璧的建筑群风貌。同时，它也呈现了真实生动的郑州纺织工业发展历程。

沿街居民楼全貌

　　郑州国营第三棉纺厂（简称"国棉三厂"）居民楼位于郑州市中原区棉纺西路 3 号，建于 20 世纪 60 年代，由苏联专家援助我国设计建造。该组居民楼分为南北两个组团，南区的组团较北区组团稍微小一些，南区组团占地面积约为 1125 平方米，北区组团占地面积约为 3000 平方米。每个组团均单独围合成一个四合院，这种平面布局模式与我国传统民居合院式的组合方式有异曲同工之妙，可使组团内部形成一个安静的空间，既有利于抵挡外界的寒风，又给居民创造一个交往空间，有利于邻里和谐。居民楼所采用的坡屋顶形式借鉴了我国传统建筑的营造特点，屋顶上有序排列着的通气孔在满足室内外空气流通的同时也丰富了建筑立面。为了形成围合状的组团布局，每个角的单体建筑的平面形式多采用"L"形。此外，每座单体建筑的檐口下部梁头上还施有砖雕斗拱造型，加上红色的封檐板和梁头，使整座建筑充满了中国韵味。

　　这几座居民楼是国棉三厂职工生活的地方，也是目前郑州所有棉纺厂居民区中保存最为完好的一组建筑群，它承载了几代国棉三厂人自强不息搞生产的回忆，具有很高的纪念价值、历史价值和艺术价值。

1	3
2

1　居民楼内庭院一角　2　居民楼内部时代特征鲜明的木楼梯扶手

3　居民楼清水砖墙外立面

白鸽集团厂房

BAIGEJITUANCHANGFANG

入选原因

白鸽集团（原郑州第二砂轮厂，简称"二砂"）曾是当年郑州市的龙头企业之一，该组建筑是二砂辉煌历史的实物见证。

厂房入口立面近观

　　白鸽集团位于郑州市中原区中原路 140 号。该厂是在我国发展国民经济第一个五年计划期间兴建的重点工程之一，由德意志民主共和国负责主要的设计工作，机械部设计总局第三设计分局为配合设计单位，德意志民主共和国帮助兴建。1953 年开始筹备，1956 年动工兴建，1964 年投入生产。

　　厂房整体造型属于典型的新中国成立初期工业建筑风格。长 106 米、宽 36 米，占地面积 3834 平方米，采用装配式钢筋混凝土结构，单层、弧形锯齿形屋顶，这些厂房完美地将建筑设计、结构设计和施工工艺结合在一起。二砂厂房建筑体型和立面处理较好，讲究风格线条，锯齿形屋面所使用的弧形梁不仅造型优美，充分发挥了其力学性能，而且与屋顶开的竖向高窗完美地结合在一起，使厂房内部不仅实现了自然采光和通风，而且也极大地节约了能耗。屋面采用的曲梁造型优美，形成了锯齿形的建筑外观造型，从空中俯瞰犹如一片海浪一般。目前它们仍是公司生产产品的主要车间。建筑构件预制、机械化的施工工艺在当时体现了较为先进的制造工艺。

历史背景

厂名变更：1953年5月15日，中南砂轮厂筹备处在武汉成立；1953年12月25日，中南砂轮厂筹备处改名为郑州砂轮厂筹备处；1955年9月26日，确定从1955年10月10日起将厂名"郑州砂轮厂"改为"四〇二厂"；1957年2月15日，恢复使用原厂名"郑州砂轮厂"；1962年4月15日，将厂名更改为"郑州第二砂轮厂"。

隶属关系变更：1953～1958年，隶属机械部第二机器工业管理局；1958年7月1日，由一机部下放河南省机械局；1959年3月4日，重新隶属机械部；1971年1月1日，下放给河南省管理；1979年1月1日，由河南省和机械部双重管理，以部为主；1985年1月，由河南省郑州市直接管理。

1	2
3	4

1 厂房内部空间

2 厂区货物运输铁路局部

3 厂房建筑北立面一角

4 厂房建筑全景

郑州国营棉纺厂一、二、三、四、五、六生活区大门

ZHENGZHOUGUOYINGMIANFANGCHANGYIERSAN
WULIUSHENGHUOQUDAMEN

入选原因

"一五"时期国家投资建设郑州纺织基地的代表性建筑群，记录着郑州工业发展史上一个重要时期，承载着郑州市民对这一时期工作和生活的记忆。

国棉四厂生活区大门正立面

　　郑州国棉一厂、国棉三厂、国棉四厂、国棉五厂、国棉六厂生活区大门均位于郑州市中原区，由东向西分布于郑州市建设路中段。这几处棉纺厂生活区大门均建造于20世纪五六十年代。国棉一厂、国棉三厂、国棉四厂、国棉五厂的生活区大门由苏联专家援助我国设计建造，国棉六厂的生活区大门由河南省纺织厅负责设计建造。

　　其中一厂、三厂、四厂的牌坊为中国古典建筑，屋顶为庑殿顶，绿色琉璃瓦，建筑形式为四柱三间牌楼式建筑，明间主入口的柱间距远大于两侧的稍间，明间檐下的花板上赫然写着郑州国棉一（三、四）厂几个大字，稍间的花板上雕刻着该厂的生产口号，如一厂雕刻的是"自力更生，勤俭建国"，三厂雕刻的是"力争，上游"，四厂雕刻的是"鼓足干劲，力争上游"等。五厂的生活区大门也为牌坊式，但已经不是我国古典牌坊的式样，而采用平顶的形式，四柱三间，柱子为方柱，在南立面的每根柱子顶部都镶有一颗金黄色的五角星，稍间的过梁上也雕刻着"自力更生，奋发图强"几个大字。六厂的生活区大门由于建设年代晚于前几个厂，所以其样式与五厂大门相似，但明显较为简单，屋顶亦为平顶，明、稍间过梁下施水泥仿古雀替。

历史背景

"一五"期间，新中国百废待兴，特别是人民群众的温饱问题亟待解决。在此背景下，国家确立了"自己动手，丰衣足食"的战略方针，在前苏联的帮助下郑州市筹建了上述几个棉纺厂，用以发展纺织品的生产，解决广大人民群众的穿衣问题。为便于纺织厂的职工上班，在各个棉纺厂厂区南侧设置生活区。这些国棉纺织厂的建立不仅有效地解决了人民群众的穿衣问题，在很长的一段时间内也极大地带动了我国尤其是以河南为主的中原地区纺织工业的发展，当时这些棉纺厂的产品曾一度远销海外。

1　2
　3

1　国棉三厂生活区大门全景　2　国棉五厂生活区大门正立面
3　国棉六厂生活区大门正立面

办公类建筑

第六编

郑州市政府办公楼

ZHENGZHOUSHIZHENGFUBANGONGLO

入选原因

20 世纪 50 年代末期郑州市的三大重点工程之一，建成之初曾一度是郑州市的地标性建筑之一，至今仍是郑州市委市政府的主要办公场所。

办公楼北立面

　　郑州市政府办公楼位于郑州市中原西路 233 号市委南院院内，由郑州市设计院设计，于 1965 年建成并投入使用。建筑主体采用钢筋混凝土框架结构，建造工艺、设计理念等各个方面在当时的历史条件下都十分先进，蕴含着很多科技成分。平面呈长条状布局，入口的雨棚由六根粗大的立柱承托，在雨棚上面赫然立着"立党为公，执政为民"八个大字，正中间的两根柱子上部的横梁上悬挂着巍峨醒目的国徽。整幢建筑外立面的采光窗排列整齐，具有良好的采光、通风效果，白色的建筑外墙显得简洁大气、朴实庄严、比例协调。

　　该办公楼自建成之日起至今已逾半个世纪，仍然完好无损。郑州市政府办公楼至今仍然在使用中。历经数十载的风风雨雨，它已凝结了郑州发展的历史，具有很高的科学价值、艺术价值和历史价值。

历史背景

郑州市政府办公楼是 20 世纪 50 年代末期郑州市三大重点工程之一，已经有 50 余年的历史。该建筑自建成之日至今，一直作为中共郑州市委的办公场所，目前仍在发挥着作用。

| 办公楼东立面

1	2
3	4

1 办公楼西北角

2 办公楼全景鸟瞰

3 北立面主入口雨棚

4 办公楼北主入口全貌

郑州铁路局北院办公楼

ZHENGZHOUTIELUJUBEIYUANBANGONGLOU

入选原因

是郑州市铁路局成立后主要的办公场所，见证了郑州铁路事业不断走向辉煌的发展历程。建筑采用具有中国传统建筑典型特征的坡屋顶，以砖石结构为技术手段，一些细部穿插应用抽象化的中国传统建筑符号，具有典型的时代特征。

办公楼东北角远眺

　　郑州铁路局北院办公楼位于郑州市二七区陇海路106号，始建于1960年，当年11月完工，由郑州铁路局设计事务所设计，建筑面积5013.2平方米，砖木混合结构，包括半地下室共五层。平面呈长条形布局，四周均做带盖明沟，屋面排水由下水道引出，外墙窗均装置防尘条，外墙门口均做铁踏道，全部楼层均采用暖气片装置。入口正门处的两根立柱贯通三层，柱顶模仿中国古代建筑施以石质仿古雀替，给人以古色古香的感觉。整幢建筑的立面较为简洁，除了整齐排列的采光窗之外基本上未施多余装饰，内部空间布局功能分区明确，横向和竖向交通流线明晰，体现出功能至上的现代主义风格。

1	2	3
	4	

1　檐廊柱头和栏杆局部
2　仿古须弥座式柱础
3　仿古雀替和欧式石栏杆
4　办公楼主入口

历史背景

1. 1949 年 2 月 1 日，郑州成立中原陇海、平汉铁路局；

2. 1958 年 9 月，郑州铁路局正式挂牌，郑州局一分为三，分出西安、武汉两个分局；

3. 1958 年 9 月，成立西安铁路局；

4. 1958 年 9 月，成立武汉铁路局；

5. 1963 年 4 月，撤销武汉铁路局，合并郑州铁路局（武汉局分离五年后并入郑州局）；

6. 1971 年 7 月，恢复武汉铁路局，郑州局一分为二（武汉局并入郑州 8 年后分出郑州局）；

7. 1983 年 3 月 1 日，撤销武汉铁路局，并入郑州铁路局（武汉局分离 12 年后并入郑州局）；

8. 1984 年 10 月 1 日，撤销西安铁路局，并入郑州铁路局（西安局分离 26 年后并入郑州局）；

9. 2005 年 3 月 18 日，郑州铁路局一分为三，划出西安、武汉；

10. 2005 年 3 月 18 日，成立西安铁路局（西安局合并于郑州局 23 年后分离）；

11. 2005 年 3 月 18 日，成立武汉铁路局（武汉局合并于郑州局 22 年后分离）。

中国银行办公楼 一

ZHONGGUOYINHANGBANGONGLOUYI

入选原因

中西完美结合的建筑艺术，郑州市早期金融类办公建筑的典型代表。

办公楼主楼西北角

　　中国银行办公楼1位于郑州市金水区花园路16号，建于1954年。建筑坐东面西，平面呈"凸"字形布局，主楼为四层，两侧及后部的配楼为三层，占地面积约为1700平方米。屋顶采用中国古典建筑的"盝顶"形式，主楼屋顶檐口部分的某些细部为我国传统建筑的檐口做法，椽头、筒板瓦及瓦当等构件均由水泥制作而成，屋顶正脊端部施有卷云纹装饰，沿街立面柱头施有水泥仿古"一斗三升"斗拱，额枋上施以浮雕几何图案，上层额枋上部施"人"字拱，柱头上施雀替，入口雨棚的女儿墙采用仿古汉白玉勾栏造型，楼梯间外立面开窗采用八边形和造型别致的格窗，两端的配楼屋顶亦采用盝顶形式，檐下装饰比较简化，只使用多层的线脚围合四周，显得简洁大方。建筑外立面采用清水砖墙，屋顶遍施金黄色饰面，柱子、雨棚及立面开窗部分则以白色为主，这种红、黄、白相间的色调使整座建筑显得格外引人注目，在周围现代化高层钢筋混凝土丛林中显得庄重、古朴、典雅。

　　该办公楼是郑州市早期金融类办公建筑的典型代表，建筑整体造型新颖别致，充分融合了中西方的建筑艺术特色，反映了当时历史条件下建筑设计的理念及思想倾向，将中国传统建筑的元素符号与现代化的施工工艺完美融合，在色彩搭配、装饰运用、门窗细部以及立面处理等许多方面都别具匠心，创造出崭新的建筑风貌。

1 主楼檐口处的拔檐腰线

2 主楼檐口仰视

3 仿古勾栏造型雨棚

4 办公楼西南角

中国银行办公楼 2

ZHONGGUOYINHANGBANGONGLOU

入选原因

欧式风格建筑，花园路早期金融类重要办公建筑。

办公楼西北角近观

　　中国银行办公楼2位于郑州市金水区花园路16号，建于1954年。该建筑外形仿西方古典主义风格，三角形的山花、沿街立面所采用的罗马拱券式立面构图显得简洁明快，壁柱采用塔斯干柱式，反映出西方新古典主义时期的建筑特色，使建筑外观整体呈现出一种怀旧而又爽朗的装饰风格。建筑采用砖混结构建造，主体为三层，局部为四层，平面呈四方形，占地面积约为655平方米。

　　这座办公楼是郑州市早期金融类办公建筑的典型代表，是郑州市乃至整个河南省在新中国成立初期金融行业起步发展的见证，具有重要的历史价值。

郑纺机武装部办公楼

ZHENGFANGJIWUZHUANGBUBANGONGLOU

入选原因

郑纺机是中国纺织机械（集团）有限公司最大的直属骨干企业和出口基地之一。建筑具有典型的时代特征。

郑纺机武装部办公楼近景

郑纺机武装部办公楼位于郑州市金水区南阳路 290 号，原郑州纺织机械厂院内，这两幢小楼从 1950 年 1 月开始设计，8 月份建成。办公楼的具体建设工作由当时从比利时留学归国的工程师吴彭龄负责，两座建筑出自同一套设计图纸，均为点式两层半小楼。建筑平面布局紧凑，底层设有架空层，外墙设有气孔，通风良好，这样可以有效减小地面潮气对一层木楼板的影响，延长其使用寿命，足见其设计的合理性。建筑内部卫生间和阳台各层功能性房间采用错层式布局，通过造型别致的木楼梯相连通，楼梯制作工艺精湛，质量上乘，历经半个多世纪依然稳固如初，各层楼板亦采用木制，均与墙面结合完好。建筑采用砖木混合结构，木制三角屋架承托屋面荷载，并将其传递到外承重墙上，墙体由青砖垒砌而成，这种结构形式完全符合现代建筑力学的传力原理，与中国古代建筑常用的"抬梁式"结构形式有异曲同工之妙。屋顶造型以中国古代建筑"庑殿顶"为母题，根据各功能空间的平面布局形成独具特色的组合式坡屋顶，外墙使用"拉毛灰"的施工工艺，从外观上就能勾起人们对 20 世纪中后期生活点滴的回忆。几乎每面墙上都有较大开窗，便于自然采光和通风。两座办公楼的设计建造充分利用木制构件，不仅极大地缩短了工期，还节省了造价，在那个物质匮乏的年代里充分体现出其科学性和经济性。

历史背景

新中国成立后，百业待兴。河南省人民政府工业指导委员会按照党的"恢复生产，建设新中国"的方针，根据河南省工业薄弱的情况，于1949年11月8日决定在郑州市建立"河南省农业机械厂"，1949年11月13日批准建厂。厂址地处市区主要干道南阳路中段海滩寺遗址，初始面积689716平方米。随后依据发展河南经济的要求，厂名几经变更，1953年1月1日定名为"国营郑州纺织机械厂"。建厂60多年来，郑纺机所生产的产品在国内同行市场一直占据主导地位，在纵横全国的纺织企业中，几乎家家都有郑纺机制造的设备。该办公楼在建厂初期曾作为厂招待所使用，后来才改作现在的武装部办公楼，具体更名时间不详。

1	2
3	4

1 办公楼内部木楼梯转角

2 办公楼内部木楼梯

3 办公楼全景

4 办公楼周围小环境

北大女清真寺

巴巴墓（亭）

解放路天主教堂修女楼

宗教类建筑

第七编

北大女清真寺

BEIDANÜQINGZHENSI

入选原因

为郑州市第一所普通女子学校，亦是伊斯兰教在郑州市发展的重要
建筑遗存和实物例证。

拜殿前廊额枋上的彩绘

　　北大女清真寺位于郑州市管城区清真寺街，初建于 1911 年，有房屋 17 间，其中大殿 6 间，南北陪房各 3 间，浴室 2 间。1930 年重修。1935 年，有房屋 14 间，教长为萧女。"文革"期间关闭。1978 年，北大女清真寺进行扩建整修，经区政府批准重新开放，现有房屋 40 间。

　　郑州北大女清真寺为仿古建筑，其山门立面效仿中国传统建筑形式中的单檐硬山式，礼拜殿的立面则效仿中国传统建筑形式中的单檐歇山式，两座建筑均采用梁枋、檩条、椽子、琉璃瓦、宝瓶、吻兽、脊饰等传统建筑符号。梁枋、檩条等木构件上均施仿古苏式彩画，建筑结构形式为砖混。

　　该清真寺由山门、内院、两侧厢房、礼拜殿等几座建筑组成，整座院落面阔 16 米、进深 33 米，占地面积 530 平方米左右。其中山门面阔三间，进深一间；大殿面阔三间，进深五间。寺内院落整洁、幽静，主要建筑山门和礼拜殿的立面造型和色彩搭配等方面均模仿中国传统建筑的营造模式，显得古色古香，同时也使伊斯兰教的建筑具有了中国特色，这也是外来宗教本土化的一个侧面表现。这种建筑造型拉近了回、汉两族人民的感情，使建筑与其所传达的文化精神完美融合。

历史背景

女清真寺的前身是女学（也称女子经学），始办于明末清初。这是一种为普通穆斯林妇女开办的学习宗教知识的学校。在中国传统社会中，上层女子就学的情况并不少见，但为普通女子开办女学则是 20 世纪的事。在女学基础上演变而成的女清真寺——专属于女性的组织和公共空间，是中国穆斯林在伊斯兰教本土化过程中的另一创造。河南伊斯兰教立足于中国传统文化的核心区域，在积极吸纳、接受外源性伊斯兰教中国化成果的同时又独立地形成了内源性的伊斯兰教中国化地区成果，成为伊斯兰教中国化有特色的组成部分。郑州北大女清真寺不仅为异域文化本土化过程中民族宗教文化的构建提供了一个研究实例，而且可以促使我们从不同角度深入思考社会非主流文化与主流文化的关系，更深刻地理解"和而不同"的文化共存原则和理想境界，具有极高的文物价值。

巴巴墓（亭）

B A B A M U（T I N G）

入选原因

郑州"巴巴墓"是郑州市区现存唯一一座回族古墓，对研究中原伊斯兰文化和历代中外文化交流史具有一定价值。

屋顶翼角细部

郑州"巴巴墓"位于郑州市二七区解放路 52 号，是中国现存的回族古墓之一。墓内安葬着阿拉伯友人穆斯林先贤默穆都哈，由于他具有高深的宗教修养，被尊为"巴巴"，其坟墓被敬称为"巴巴墓"。据传，西域伊斯兰教真人默穆都哈于明朝年间来到郑州城内清真寺（现称郑州北大清真寺）宣传伊新兰教义，他知识渊博、品行圣洁、道德高尚，深受群众敬仰，被尊为"筛海卧力"。默穆都哈反对用暴力解决民族纠纷，主张各民族加强团结，消除隔阂，和睦相处，为后人树立了光辉的典范。他不远万里历尽艰辛来到中国，架起一座中阿交流的桥梁，促使中阿人民之间增进友谊，加深了解。他毕生致力于伊斯兰事业，直至献出宝贵的生命，并立嘱把自己的遗体埋葬在中华大地上，成为中华民族与阿拉伯民族友好往来的历史见证。人们给他建亭立碑，以示纪念，每逢伊斯兰重大节日，回族群众都来墓地缅怀先贤，"巴巴墓"成为穆斯林宗教活动的重要场所。因仰慕真人，回族群众也相继在墓地周围埋葬故人，这一带逐渐发展成为闻名遐迩的回民义地——郑州老坟岗。但历史变迁，几经战乱，"巴巴墓"及其建筑遭到严重破坏。新中国成立后党和政府积极落实民族及宗教政策，巴巴墓被重新修建，完好保存。

现存的六角亭为新中国成立初期修建，砖木混合结构，仿中国古典建筑的营造方式建造。建筑采用青砖灰瓦，六个角上采用木柱承托上部屋檐的荷载，柱子下端施有柱础和柱顶石，柱与柱之间有木质围栏连接，建筑主体由六面墙体围合而成，与角柱和木围栏形成回廊。建筑南北两面墙上开门，其余各面墙上开窗，建筑内部供奉着一通石碑，上书"山海默穆都哈大人墓"。建筑屋架部分的荷载由角梁和椽子传递到柱头上，屋面采用小青瓦，六条垂脊上收于顶端的水泥宝顶之中。整座建筑屋角向上起翘，从各个角度看都显得舒展通透，可称得上是我国传统营造方式与现代建筑材料相结合的完美典范。该建筑占地面积约 40 平方米，高约 7 米。

郑州"巴巴墓"是中国现存的回族古墓之一，对研究中原伊斯兰文化和中外文化交流史具有一定价值。郑州市目前保存下来的伊斯兰教建筑已为数不多，它的保存对研究伊斯兰教建筑的历史发展演变、郑州伊斯兰文化亦具有一定价值。

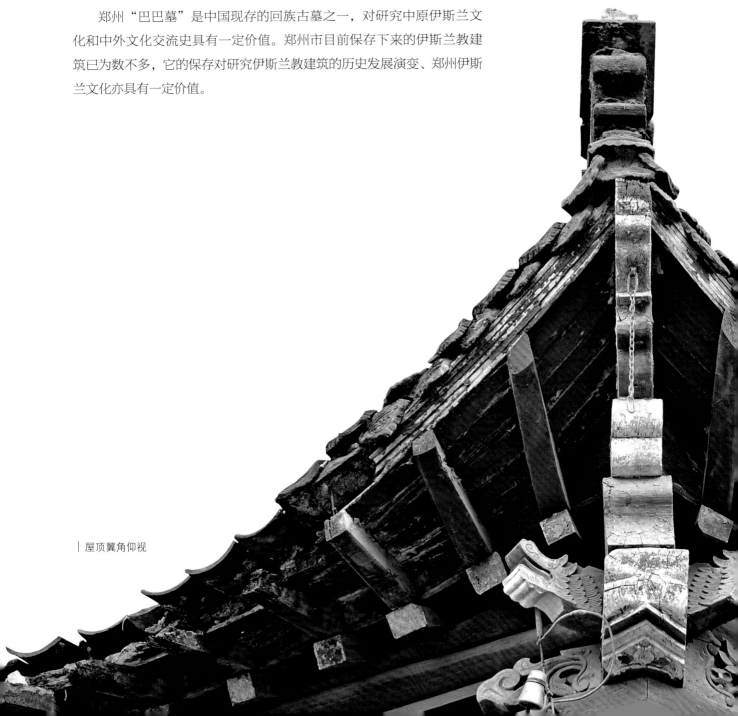

屋顶翼角仰视

1 ┃ 2   1 巴巴墓（亭）主入口立面　2 巴巴墓墓碑

解放路天主教堂修女楼

JIEFANGLUTIANZHUJIAOTANGXIUNÜLOU

入选原因

意大利传教士修建，是郑州保存极少的欧式建筑和教堂建筑。

修女楼屋顶的老虎窗

　　解放路天主教堂修女楼位于郑州市二七区解放西路81号2号院，解放路与铭功路交叉口西北，建成于1912年，由意大利传教士贾士谊设计。清光绪三十年（1904），意大利籍传教士贾士谊等人来郑州传教。贾士谊为了发展教务，于民国元年（1912）在慕霖路天主教堂的旁边创设"天主堂医院"。起初仅有两间平房，设备简陋，药品很少，由一位意大利籍修女负责医疗事务，以免费给人治疗眼科疾病为主，又被称为施药医院。后来，教务发展，教徒增多，1924年医院进行扩建，增添一些设备，并于该年3月1日改名为"郑州天主教堂公教医院"，开设有内、外各科，设病床50张，病房划分为一、二、三等。到1948年，医院病床发展到120张。新中国成立后收归国有，改为"郑州市公教医院"。1965年更名为郑州市第四人民医院，后变更为郑州市第二人民医院，几经改扩建，原有建筑如今只剩下一座修女楼。

　　郑州天主教堂修女楼，建筑坐北朝南，平面呈方形，面阔和进深均为五间，占地面积约200平方米，平面轴网为左右对称布局，由柱网和墙体轴网共同组成。墙体开竖向长条形采光窗，窗套和门套均为拱券式，仿照欧洲的文艺复兴（15～19世纪）建筑风格的效果，墙体中部使用砖拔檐腰线将建筑分割成上下两层。建筑屋顶形式采用中国特色的坡屋顶，细部构件使用西方古典建筑式样（如门、窗），在材料上出现混凝土和钢筋混凝土构件。建筑内部的屋顶及楼面承重结构构造方式则采用中式仿古木结构，从而形成中西合璧的建筑艺术形式。

1	2
3	4

1 修女楼南立面仰视

2 修女楼东北角仰视

3 修女楼南立面

4 修女楼西北角仰视

特色窗楣砖雕细部

特色民居 第八编
及优秀构筑物

南乾元街 75 号院

NANQIANYUANJIE7SHAOYUAN

入选原因

具有中原地域特色的民居建筑。

　　南乾元街 75 号院，位于郑州市管城区南乾元街，始建于清末民初，占地面积约 550 平方米。这一时期是中国建筑历史上建筑形式多元化发展的时期。该组建筑为中西结合的形式，建筑屋顶形式采用中国特色的坡屋顶，细部构件使用西方古典建筑式样（如门、窗），采用"三角屋架"，在材料上出现混凝土和钢筋混凝土构件。在中国传统建筑的基础上，融入西方建筑元素。

　　主楼坐北朝南，两层单檐硬山式带前廊建筑，小青瓦屋顶。面阔六间，进深二间（带前廊），一、二层前廊在墙体上开券洞连通；平面呈矩形，平面轴网呈左右对称布局，由柱网和墙体轴网共同组成，整座建筑仅有两根前檐柱，柱头使用带有河南地方建筑手法的"T"形额枋和平板枋；除前檐外，其余三面用墙体承重，墙外侧使用壁柱，墙体中部使用砖拔檐腰线将建筑分割成上下层，山墙前部使用墀头；东西两座建筑的前墙明间安两扇板门，其上做门楣，两次间开窗，其上做窗楣，此建筑门楣和窗楣是仿欧洲文艺复兴（15～19 世纪）建筑风格的结果，使用中国的传统建筑材料砖，仿造隅石和罗马券的效果，是带有欧洲文艺复兴和巴洛克建筑风格的中国民居建筑，但是券洞的矢高较低。西厢房两间，坐西向东，其建造方法同主楼。

1 | 2   1 南乾元街 75 号院建筑全景   2 特色砖雕门套

熊耳河桥

XIONGERHEQIAO

入选原因

该桥是郑州市目前发现的唯一至今仍在使用的古桥梁，桥身采用砖石垒砌，结构形式采用拱券式，桥身局部雕花细致，具有一定的历史价值和建筑艺术价值。

拱券表面的雕刻

　　熊耳河桥横跨于郑州市管城区南关大街的熊耳河上。该桥始建于清乾隆三年（1738），为单孔桥，是为连通南关大街熊耳河两岸而建；重修于乾隆十年（1745），由郑州知州张钺主持重修，此次重修将此桥由单孔桥变成双孔桥；1978 年，熊耳河桥扩建加宽，改为柏油桥面、水泥栏杆。

　　熊耳河桥为拱券结构形式，主要承重材料使用青石、红石砌筑，白石灰胶结。北侧券洞采用分节并列砌置法，使用大方石；桥墩使用条石砌筑，分上下两部分。南侧券洞采用拱券石纵联砌置法，桥墩砌筑法同北侧券洞。两券共用桥墩下部，迎水面做成三角状，以减小水流的冲力荷载。两券上部连成一体，顶部用石砌拔檐，其上安置栏杆，北侧桥券上的雕刻全部使用高浮雕，其上图案有飞禽、花草、海石榴、凤鸟等，券顶正中雕刻吸水兽，怒目大嘴，象征着征服水患；伏石左右两角各刻一龙，龙头向上，四肢伸开，构图流畅，造型精美，栩栩如生，为宋、元时代的雕刻造型。南侧使用素桥券，用净面条石筑成。桥面使用条石铺设，两侧过券洞向外延伸，外接道路。桥两侧燕翅使用条石砌筑，中间形成扇形平面，地面用青石铺设，和桥底青石地面连成一个整体。熊耳河桥南北向横跨熊耳河，桥身长 34 米、宽 6.83 米，燕翅长 5 米，桥券净跨度为 4.72 米，矢高 2.4 米，占地约 575 平方米。该桥两券的造型基本上呈半圆形，与宋代《营造法式》券洞营造的形制相一致，具有较高的艺术价值和历史价值。

| 1 | 1 | 拱券雕刻全貌 |
| 2 | 2 | 中间桥墩全貌 |

　　在郑州市区，熊耳河桥为现存年代最久远的桥，很早就成为郑州南关的一处胜迹和独特风景。夹岸芦苇丛生，秋来芦花似雪，晚上月升中天，月光、水面、银白芦花与石桥相映成趣，郑人美其名曰"熊桥芦月"，将其列为郑州八景。晚清诗人司星聚曾在此玩赏赋诗："一白沉沉月色饶，芦花萧瑟傍溪桥。霜凝野渡华鲜洁，星落寒潭影动摇。闪烁腾光秋蟹火，悠扬送响玉人箫。葭苍露冷谁堪溯，对酒衔杯欲举邀。"天边一轮明月照得大地一片银白，熊耳桥边芦花似雪，与月光争辉夺采；河面渡船船篷上结满寒霜，雪白闪亮；河底星月的倒影在寒风中飘摇闪烁，如诗如梦；河中渔火闪烁，岸边小楼上有美人在吹箫吟唱。如此美景怎不让诗人陶醉呢！

与该建筑相关的大事记

1　1738 年（清乾隆三年），郑州知州张钺始建熊耳河桥；

2　1739 年（清乾隆四年），河水暴涨，桥被冲塌；

3　1745 年（清乾隆十年），张钺重修熊耳河桥，并增石券一孔；

4　1978 年，熊耳河桥扩建加宽，桥面改铺柏油。

| 桥东侧全貌

郑州黄河第一铁路桥

ZHENGZHOUHUANGHEDIYITIELUQIAO

入选原因

为郑州第一座跨越黄河的铁路桥。目前仅保留 160 米长一段，具有重要的纪念意义。

遗址纪念牌

　　郑州黄河第一铁路桥，原名平汉铁路郑州黄河桥，位于郑州市惠济区古荥镇黄河风景名胜区内，兴建于公元1903年（清光绪二十九年）9月，1906年4月通车，是黄河上修建的第一座铁路桥，为单行铁路桥。该桥全长3015米，共102孔，设计寿命70年，是中华人民共和国成立以前万里黄河上第一座钢体结构大桥。这座桥在战争中屡遭破坏，目前桥的全长为2951米。1969年10月在旧桥桥面上加铺钢筋混凝土板，可以定时单向放行汽车，方便公路交通。1987年此桥被拆除，现仅保存南端五孔160米，作为历史文物留作纪念，以供后人观瞻。

桥体下部的钢桁架承重结构近观

历史背景

1896 年，清政府批准铁路督办盛宣怀兴建卢汉铁路（京汉铁路旧称），在郑州北部的黄河上架桥已迫在眉睫。清政府委托比利时承建，技术负责人为沙多。

1900 年，清政府请德、美、意三国专家到现场察看，选定大桥桥址，其北岸从沁河到桥址有大坝防护，南岸邙山头土质坚硬，是河道的天然屏障。

1901～1902 年开始设计，因河水分南北槽，中间为一沙地，故设计两侧各为 25 孔 31.5 米的下承钢钣梁。全部桥墩 103 台，各由 8 根管桩组成；在桁梁与钣梁之间为对渡墩，共两个，各由 14 根管桩组成，桥面为直线，平坡。从勘察桥址到设计图纸整整用了 4 年时间，后又历经 3 年进行多方论证，比利时公司开始动工已是 1903 年 9 月 1 日。正式开工后，建桥所需的材料、机具均由汉口用马车、牛车、人力车转运到工地。当基础施工在滩地进行时，管桩入土深度 13～16 米，以水泥砂浆填实，但在一夜之间被洪水冲歪了 38 个桥墩。技术专家立即商量解决方案，最后采用抛投石笼的办法，才保证了桥墩的牢固。

1905 年 2 月 1 日大桥竣工。从此，京汉线的火车由汉口始出，经停郑州，通过郑州黄河铁路大桥，抵达终点北京卢沟桥站。

1952 年 10 月 31 日，毛泽东主席到郑州视察。当他走在这座由比利时人修建的黄河铁路大桥上时，对陪同他的铁道部部长滕代远说，一定要修我们自己的桥。但是，那时新中国刚成立，我们还没有经济实力修建这样的钢铁大桥。河南省政府只能对这座贯通南北的黄河铁路大桥进行多次修复。

重大的修复是在 1956 年，当年 8 月 5 日，周恩来总理亲自视察修复的郑州黄河铁路大桥。修复后通车一年多，大桥经受了黄河大洪峰的考验。1958 年 7 月 17 日，黄河花园口出现历史罕见的特大洪峰，流量达每秒 22300 立方米，有 5 个桥墩出现险情，郑州黄河铁路大桥 11 号桥墩被洪水冲毁，相邻两孔桥身塌落水中，京广铁路中断。第二天，周恩来亲临黄河南岸视察险情。经过 15 个昼夜的战斗，黄河大堤终于化险为夷。8 月 1 日，大桥恢复通车。

1969 年 10 月，铁路大桥又担负起通汽车的任务。当时对桥面进行了改造，加铺钢筋混凝土板，供南来北往的汽车直接通行。

京汉铁路全线开通也为沿线各地发展带来机遇，那时的郑州还是一个很不起眼的小县城，正是因为有了铁路才慢慢发展起来，成为中原大地的一个重镇，人们形象地称"郑州是火车拉来的城市"，可见该铁路桥有着极为重要的历史纪念意义。该铁路桥采用钢框架结构建造，在当时来讲具备世界先进技术水平。此外，该桥在建造施工过程中也遇到很多事先未预料到的难题，也都是由多名技术专家共同探讨解决方案，才使大桥得以建成。

1　桥面下层的枕木
2　桥体局部
3　桥体下部的钢桁架承重结构层全貌

1	2

1 桥体下部的钢架支座
2 桥面铺装细部

与该建筑相关的大事记

1	该桥兴建于公元 1903 年 9 月（清光绪二十九年），1905 年 2 月 1 日大桥竣工，1906 年 4 月通车。从此，京汉线的火车由汉口始出，经停郑州，通过郑州黄河铁路大桥，达终点北京卢沟桥站；
2	1925 年 1 月 12 日，郑州黄河铁路大桥因设计问题，桥桩不堪重负，致使两节客车坠入河中，300 余人死亡；
3	1927 年春天的直奉战争，张学良攻打守桥的吴佩孚部下，炸毁大桥的第 10 孔梁；
4	1930 年，蒋、阎、冯大战，冯部又炸毁桥的第 16 孔梁；
5	1938 年，国民政府军炸毁部分桥墩，并将南端 42 孔钢梁运往湘桂及黔桂铁路使用；
6	1948 年 10 月 22 日，刘邓大军解放郑州的城外之战，率先切断驻郑蒋军北逃路上的黄河大桥；桥上桥下炮火轰鸣，杀声震天，大桥成为两军必争之地，国民党军队对大桥进行破坏；
7	1952 年 10 月 31 日，毛泽东主席视察大桥；
8	1958 年 7 月黄河特大洪水，周恩来总理两次亲临大桥指挥抢险；
9	1958 年新建京广铁路黄河大桥，为防止老桥阻水，以利防洪；
10	1987 年 7 月拆除老桥上部钢梁，保存南端 5 孔 160 米，立碑勒铭，永志纪念。

邙山黄河提灌站

MANGSHANHUANGHETIGUANZHAN

入选原因
郑州市引黄灌溉工程的重要水利构筑物。

邙山黄河提灌站全景

　　邙山黄河提灌站位于郑州市惠济区古荥镇黄河风景名胜区内，1970 年开始动工，1972 年建成。邙山黄河提灌站工程从邙山头绵延至西流湖，共20 多公里，其中穿山隧道有 2000 多米。建成后的提灌站，由于主要用来满足城市用水，1975 年前后正式更名为提水站，不再兼顾农业灌溉。

　　该提灌站的主体工程为"引黄入郑"工程，包括渠首泵站（引水渠、闸门、前池、机泵房、输变电工程），隧洞 9 条，全长 37000 米，总干渠隧洞 6 条，洞高 2.55 米，宽 2.1 米，全长 3400 米。二级提灌站干渠隧洞3 条，全长 300 米；渡槽 4 座，均为"U"形薄壳渡槽，为"矩"形双悬臂钢筋混凝土渡槽，二级提灌站骆驼岭渡槽 1 座，为双悬臂"U"形薄壳渡槽。其他建筑物，包括水轮泵站和各种桥涵闸坝等建筑 92 座。总干渠 1条，全长 24.5 公里，支渠 24 条，长 60.03 公里。干渠和 8 个沉沙池共占地 1250 亩，泵站装机组 16 台，装机容量 6080 千瓦。提灌站引黄入郑总工程量：土方 350 万立方米，砌石 55000 立方米，钢筋混凝土 25300 立方米，砌砖 7900 立方米。

　　邙山提灌站地处邙山北坡，采用 8 根倒虹吸式的管道由泵站送往邙山顶，再通过渠道把黄河水送往郑州。为了使黄河水通过泵站减少泥沙含量，在黄河边建起一座沉沙池，名曰"星海湖"。黄河水通过沉沙池沉淀后把清水由泵站送向邙山顶，不但可以减轻沿途渠道的运水压力，还可对泵站起到一定的保护作用，提高泵站的寿命。因此，邙山提灌站的设计具有很高的科学价值。

邙山提灌站不但具有供水功能，而且是郑州黄河游览区一道壮丽的风景线。特别是在阳光的照射下，八根供水管道犹如八条巨龙，在泵站的带动下，把清澈的河水送向郑州市区，这是人类发挥自身的主观能动性成功改造自然的典型实例。

邙山提灌站在人类历史发展进程中是一个不朽的工程，是20世纪遗产中的优秀文化遗产，是重要的水利设施建筑，在郑州的发展史上留下了厚重的一笔。

1	2

1 提灌站倒虹吸式管道局部　2 居高临下远望提灌站倒虹吸式管道

历史背景

1. 1970 年春，郑州市郊区古荥公社成立邙山提灌站指挥部，负责公社提灌站引黄上山工程的施工准备工作；

2. 1970 年 4 月，郑州市郊区邙山提灌站负责邙山提灌站施工工作；

3. 1971 年初，郑州市引黄入郑工程指挥部成立，负责干渠护砌工作；

4. 1972 年初，郑州市郊区邙山提灌站革命领导小组负责提灌站管理工作；

5. 1979 年初，郑州市自来水公司邙山水源厂负责供水工作；

6. 1981 年 4 月，邙山提灌站与邙山建设指挥部合并，成立郑州市黄河游览区管理处，负责供水、绿化、旅游工作。

青春雕像

QINGCHUNDIAOXIANG

入选原因

郑州市最早建设的雕像之一，是郑州城市面貌开始多元化发展的时代见证。

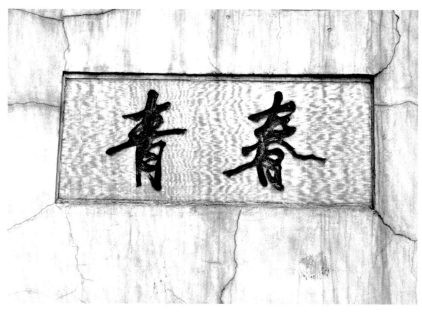

「青春」二字特写

青春雕像位于郑州市金水区金水路与沙口路交叉口西北角的街心花园内，落成于1984年9月，为郑州市城市道路第一座大型雕像，名为"青春"。

雕像外观潇洒飘逸，线条圆润流畅。坐落于街头花园之中，在周围的绿树掩映下显得非常富有朝气，给人一种奋发向上的感觉。雕像中一男一女表情昂扬向上，眼神举止中都充满青春的力量，预示着青年人是科技发展的主要生力军。该雕像作为一处景观小品，点缀于街头，既美化城市环境，又给人一种振奋人心的感觉，活跃了城市空间，增添了城市活力。

该雕像位于"青春游园"中，该游园始建于1982年，总面积为2800平方米，园内主要种植雪松、法青、桂花、海桐球、丰花月季等植物，是一个集观赏、休息、娱乐等多功能为一体的开放式小游园。

青春雕像作为郑州市第一座大型的城市雕像，在郑州市的城市雕像建造史上具有里程碑式的意义，它开创了郑州市城市景观雕像建造的先河，为郑州市的城市景观美化工程奠定了基础，这些雕像在美化城市的同时，也给这座城市增添了艺术魅力。

青春雕像全貌